PAPIER
FRESSERCHEN
MTM-VERLAG
DIE BÜCHER MIT DEM DRACHEN

**„Für Papa, den ich sehr lieb habe.
Du bist der beste Papa der Welt!"
Deine Eve**

Impressum:

Besuchen Sie uns im Internet:
www.papierfresserchen.de
© 2019 – Papierfresserchens MTM-Verlag GbR
Mühlstraße 10, 88085 Langenargen

www.papierfresserchen.de – info@papierfresserchen.de
Alle Rechte vorbehalten.
Erstauflage 2019

Lektorat: CAT creativ - www.cat-creativ.at

Illustrationen und Cover: Ulrike Gammel
Gedruckt in der EU
ISBN: 978-3-86196-853-5

Papa ist der Beste

Warum mein Papa der beste Papa ist!

Ulrike Gammel

Papa

sagt mir immer wieder,
dass er an mich glaubt,
dass ich seine geliebte Tochter bin.

Papa

gibt immer ein Eis aus.
Ganz egal, ob ich Kind oder erwachsen bin,
ich bleibe seine Kleine!

Papa

erklärt mir die Welt,
wenn ich sie nicht verstehe.

Papa

ist der Mensch,
dessen Herzschlag mich beruhigt.

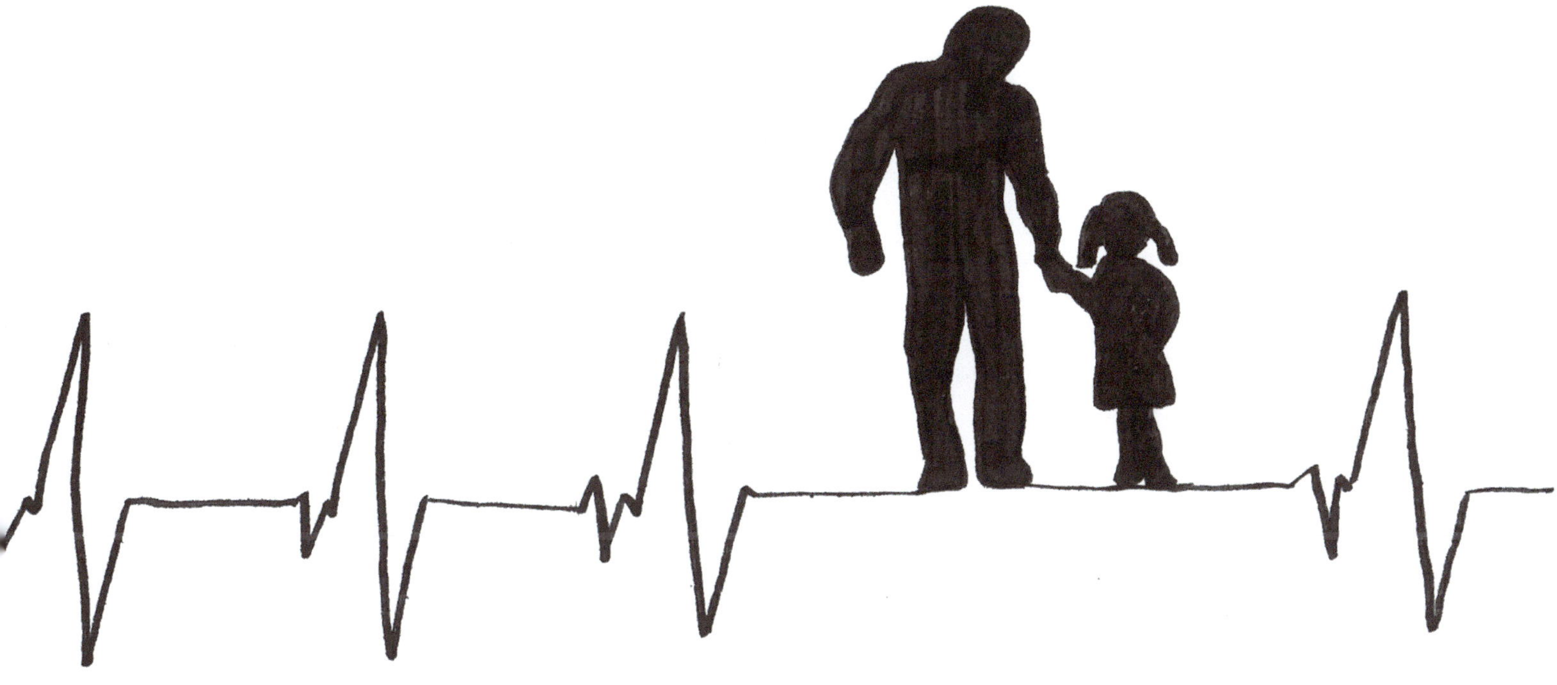

Papa

schaukelt mich in meiner Hängematte in den Schlaf
und erzählt mir dabei schöne Geschichten.

Papa

wirft mich plötzlich liebevoll über seine Schulter
und schon scheint alles gar nicht mehr so schwer zu sein.

Papa

schenkt mir viele Duftumarmungen,
die mich durch den Tag tragen.

Papa

lässt mich während des Winterspaziergangs liebevoll stolpern und in den Schnee fallen. Er zieht an einem Ast voller Schnee, unter dem ich her gehe.

In meinem Innersten weiß ich, dass er alles aus Liebe macht – und Spaß auch sein darf.

Papa

lässt meine Hand beim Inlinerfahren nicht los.
Er hat Energie für zwei und zieht mich schwungvoll hinterher, wenn meine Kräfte schwinden.

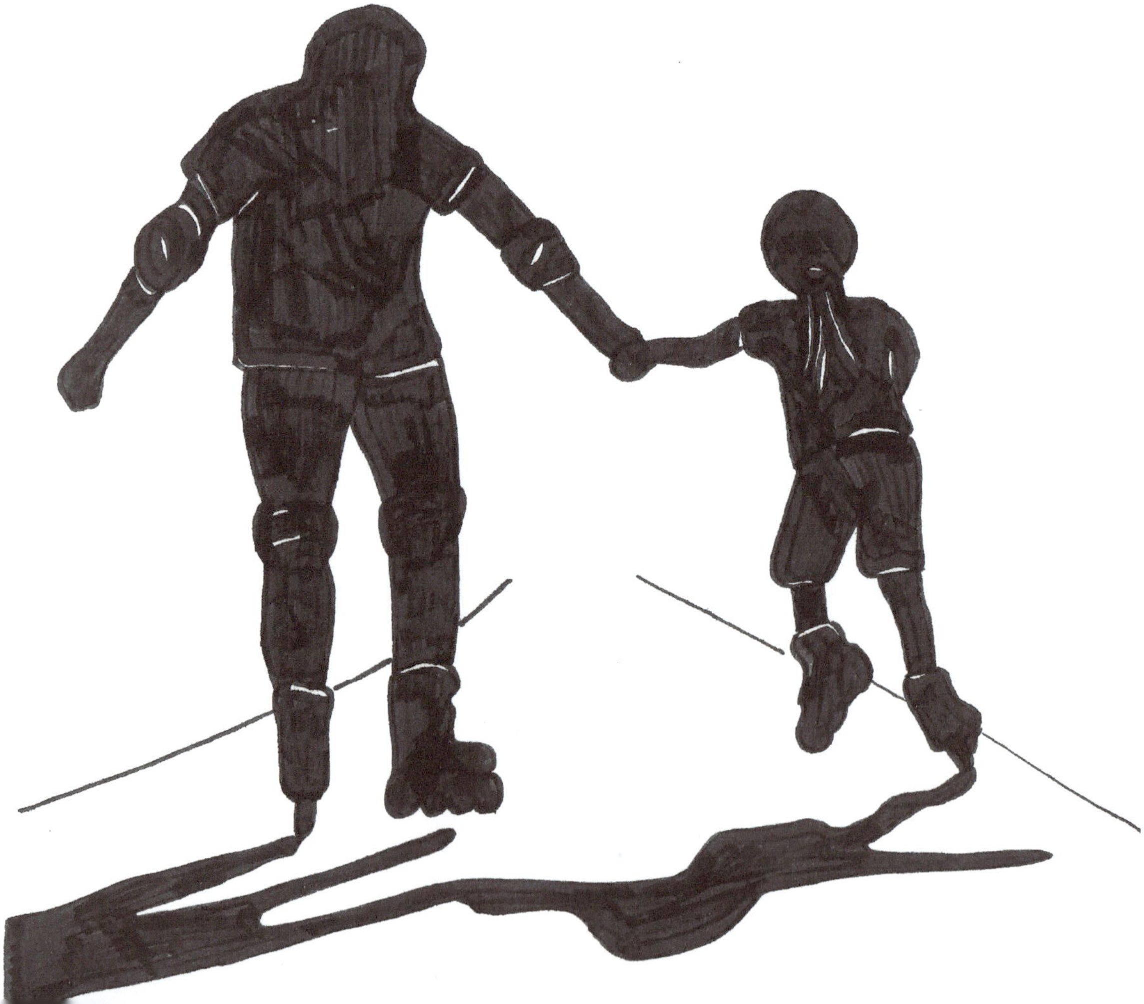

Papa

trägt mich auf dem Rücken oder in seinen Armen,
wenn ich vor Erschöpfung nicht mehr laufen kann.

Papa

startet die Sitzheizung,
noch bevor ich im Auto bin.

Papa

sagt mir immer wieder,
dass ich seine kleine Prinzessin bin.

Papa

ist der Mensch, der mich aufrichtet,
wenn ich am Boden liege.

Papa

fährt mit mir frühmorgens los,
um einen Tag an der See
zu verbringen und mir zu zeigen,
wie man einen Drachen steigen lässt.

Papa

setzt mich auf seine Fahrradstange
oder im Baumarkt in den Wagen
und flitzt mit mir durch die Gänge.
Was andere denken, ist ihm egal.

Papa

setzt mich auf seine Schultern,
obwohl ich äußerlich
nicht mehr die Kleine bin.

Papa

zeigt mir schöne Orte in der Natur.
Mit ihm kann ich schweigen
und es fühlt sich gut an.

Papa

zeigt mir, was es bedeutet,
einfach nur KIND zu sein.
Er ermöglicht mir immer
wieder neue Perspektiven.

Papa

hält mich liebevoll und sicher in seinen
großen starken Armen – ganz egal, wie es mir geht.
Bei ihm kann ich mich anlehnen – jederzeit.

Papa

bringt mich zum Lachen.
Er gibt mir in den dunkelsten Momenten
noch einen Kuss auf die Stirn – weil er mich liebt.

Papa

hat die besten Ideen.
Er findet für (fast) alles eine gute Lösung.

Papa

an meiner Seite zu haben, bedeutet für mich,
nicht allein durchs Leben zu gehen.

Papa

ich bin stolz,
DICH als Papa zu haben.

Mein Papa ist der beste Papa ...

Mein Papa ist der beste Papa ...

Ulrike Gammel lebt seit über 10 Jahren im Ruhrgebiet. Aufgewachsen ist sie im Schwarzwald. Viele unveröffentlichte Kindergeschichten hat sie bereits verfasst. Alice auf der Suche nach der Liebe gehört zu ihrem ersten publizierten Kinderbuch.

Die studierte Rehabilitationspädagogin und -wissenschaftlerin, Traumapädagogin und Kunsttherapeutin arbeitet sowohl beruflich als auch ehrenamtlich mit (traumatisierten) Kindern. Leuchtende Kinderaugen, Situationen, in denen Kinder voll und ganz Kind sein können sind für sie die wertvollsten Augenblicke ihrer Arbeit.

Alice auf der Suche nach Liebe

ISBN 978-3-86196-844-3, Taschenbuch 30 Seiten

Liebe macht uns glücklich und zufrieden. Liebe zu verschenken ist eines der größten Güter, die wir geben können. Und Liebe zu empfangen ist ein wertvolles Gefühl, wenn es bis ins Herz dringt und beim anderen ankommt. Aber wie kann Liebe aussehen? Die kleine Alice hat schon viel über das Wort „Liebe" gehört, doch so wirklich verstanden hat sie es nicht. Also macht sie sich auf die Suche, die Liebe zu finden, um sie ihrem Vater zu verschenken.